宋王質撰

王風

黍離三章

彼黍離離彼稷之苗行邁靡靡中心搖搖知我者謂我心憂不知我者謂我何求悠悠蒼天此何人哉

彼黍離離彼稷之穗行邁靡靡中心如醉知我者謂我心憂不知我者謂我何求悠悠蒼天此何人哉

彼黍離離彼稷之實行邁靡靡中心如噎知我者謂我心憂不知我者謂我何求悠悠蒼天此何人哉

聞音曰天鐵因切噎益悉切說文以壹得聲

總聞曰後人用此意極多自苗至穗自穗至實度及半載不應行役無故淹留至此當是東周懷忠抱義之士來陳秦庭以奉今主歸舊都爲意或以尊王室制諸侯爲辭往往有怪其久留不去者也徒隱憂難明告以不知者爲何人言此等人非我輩人也

君子于役二章

君子于役不知其期曷至哉雞棲于塒日之夕矣羊牛下來君子于役如之何勿思

君子于役不日不月曷其有佸雞棲于桀日之夕矣羊牛下括君子于役苟無飢渴

雞牛羊皆在郊所豢者也今田野人家向暮多如此班氏曰晻晻其將暮覩牛羊之下來寤怨曠之傷情哀詩人之嘆時

聞音曰哉將黎切塒辰之切來陵之切思新齎切渴巨列切

總聞曰當是在郊之民以役適遠而其妻于日暮之時約雞歸棲呼牛羊來下故興懷也大率此時最難爲別懷婦人尤甚

君子陽陽二章

君子陽陽左執簧右招我由房其樂只且

君子婦人之夫也當是婦人之辭

君子陶陶左執翿右招我由敖其樂只且

房敖皆地名當是招其妻從房從敖而往也此言不安其所旣去則樂陽陽酒色也陶陶酒意也以酒銷憂夫婦相爲樂也

聞音曰只且嘆辭以且相叶

聞跡曰房在汝南敖在滎陽房見左氏楚遷房于荊敖卽搏獸于敖之敖

總聞曰大率舊說多以伶官爲賢者君子之地夫賢者君子廉恥乃其本節安肯苟求食而爲此流也當是以簧翿之故不特誤以婦人之夫爲君子案據首章注以此詩爲婦人之辭此當言誤以婦人爲君子之友葢駁鄭氏義而又誤以地名之房爲房中樂也語意亦于房中不順

揚之水三章

揚之水不流束薪彼其之子不與我戍申懷哉懷哉曷月予還歸哉

揚水能流物而不能爲我流束薪束楚束蒲以濟我家也

揚之水不流束楚彼其之子不與我戍甫懷哉懷哉曷月予還歸哉

揚之水不流束蒲彼其之子不與我戍許懷哉懷哉曷月予還歸哉

當是役夫遠戍而悵其家薪芻之不充憫其妻貧苦獨處願與之同戍而有所不可則逆計月以數歸期也

聞音曰懷胡隈切叶歸不用哉叶蒲滂古切

聞跡曰揚水自晉州洪洞縣注河周北接晉西接鄭後晉鄭兩揚之水皆此水也申今申州甫今汴

州許今許州皆周近地
總聞曰詩有三揚之水三羔裘兩黃鳥兩谷風非
相祖述也有此曲名故相傳爲之如樂府一種名
而多種辭辭雖不同而聲則同也今諸曲亦然

中谷有蓷三章

中谷有蓷暵其乾矣有女仳離嘅其嘆矣嘅其嘆矣
遇人之艱難矣
所稱遇人謂夫也此皆是婦人之辭蓷益母草也
可作瑩面之藥婦人所珍而山野甚易致夫婦既
無食不能相有而相捨指此物以寄意也端午采

良佳其離當是夏時
中谷有蓷暵其脩矣有女仳離條其歗矣條其歗矣
遇人之不淑矣
中谷有蓷暵其濕矣有女仳離啜其泣矣啜其泣矣
何嗟及矣
當是既乾不可復生而雨澤乃有霑濡雖稍潤亦
無及也
聞音曰暵他干切脩式竹切莊子脩然而往脩然
而來亦此切歗息六切
聞物曰益母草在野甚多最能任酷烈日愈烈色

愈鮮此嘆則禾稼可知也

總聞曰嘗見旱歲道塗夫婦相攜相別有不忍別之情于男女亦然此事自古有之初嘅嘆吐氣之微也次條歗吐氣之猛也次啜泣吐聲而又吐液也此分攜之時也所見亦然今古雖異人情不遠也

兔爰三章

有兔爰爰雉離于羅我生之初尚無爲我生之後逢此百罹尚寐無吪

兔兔絲也亦作菟絲羅罝也菟草之中置羅罝罦

罝罿雉噎其中也爰延引也

有兔爰爰雉離于罦我生之初尚無造我生之後逢此百憂尚寐無覺

有兔爰爰雉離于罿我生之初尚無庸我生之後逢此百凶尚寐無聰

言幼時尚未爲未造未庸言尚未有征役也長時乃爲丁壯役少猶可勉役多則何堪不如死也百多也寐不動不醒不聞所謂長夜也

聞音曰吪爲吾禾切罹良何切罦步廟切造在傲切憂一笑切覺古孝切左氏齊歌曰魯人之皐數年

不覺使我高蹈惟其儒書以爲二國憂皐居號切

覺古孝切則是憂覺古益常用之也疊昌鍾切

總聞曰舊說兔爰緩意雉離急意又以緩有所聽縱也急有所躁蹙也後多祖之以爲物有幸有不幸也人情無緩兔急雉之理兔至輕捷亦無從容之意雉至卑飛亦無躁蹙之意今以兔爲兔絲不惟有所本而人情物態不甚牴牾可以粗通也

葛藟三章

緜緜葛藟在河之滸終遠兄弟謂他人父謂他人父亦莫我顧

此人當是居河之涓者也感葛藟而思身世謂葛藟向不斷我與本宗絕所生稱他人作所生不如葛藟也

緜緜葛藟在河之涘終遠兄弟謂他人母謂他人母亦莫我有

緜緜葛藟在河之漘終遠兄弟謂他人昆謂他人昆亦莫我聞

聞音曰父方矩切涘羽已切母滿罪切有羽軌切

總聞曰皆以兄弟爲辭當是爲不友之兄弟所陽

而不得安處者也或棄而與他人或出而繼旁族終不若所天之愛此真情也今人或如此以異姓之子爲子以同姓之子爲子多始末有參差故有歸姓歸宗不幸至有流落死亾者此人蓋有此恨也

采葛三章

彼采葛兮一日不見如三月兮

草木可采當是春夏之交時

彼采蕭兮一日不見如三秋兮

彼采艾兮一日不見如三歲兮

聞音曰葛居謁切蕭蔬鳩切艾魚刈切今皆作牛蓋切古不用此

總聞曰當是同志在野之人獨適而不與俱故有此辭言我采此物想彼亦采此物但不同采爾

大車三章

大車檻檻毳衣如菼豈不爾思畏子不敢

婦人見貴人聲勢被服之盛私心慕之此必微時深有相涉盛時不敢復論似有望意以其相忘也

大車啍啍毳衣如璊豈不爾思畏子不奔

穀則異室死則同穴謂予不信有如皦日

生異室死同穴言此生永不可同也俟其死則從之也

聞音曰檻故覽切菼吐敢切啍他敦切穴戶橘切

總聞曰此婦人謂其同輩之辭同輩以爲未必能也故指日爲誓也

丘中有麻三章

丘中有麻彼留子嗟彼留子嗟將其來施施

丘中有麥彼留子國彼留子國將其來食

丘中有李彼留之子彼留之子貽我佩玖

彼所留之子可嗟嘆可疑惑卒章嗟嘆疑惑不足盡其情故不言此當避難之人爲在野之家所匿以佩玖報之言其恩可長感也

聞音曰古施字作頤伺候之辭時遮切叶嗟國字與或字互用疑惑之辭胡骨切叶麥古蜮字又作蟈蟈音又作蜮明國或相通也周穆公鼎國作或

聞人曰毛氏留氏也子嗟子國子也子國子嗟之父遍考止有衛大夫留封人不見有留子嗟留子國

總聞曰當是先王之澤未絕田野尚有義士

鄭風

緇衣三章

緇衣之宜乎敝予又止改爲兮適子之館兮還予授止予之粲兮

緇衣卿士之服當是在外入爲卿士在都者相與爲禮緇衣且宜且好且蓆倘以爲敝欲有所更甚欲其美也既適館又授粲惟恐其禮之不周也

緇衣之好兮敝予又止改造兮適子之館兮還予授止予之粲兮

緇衣之蓆兮敝予又止改作兮適子之館兮還予授止予之粲兮

聞音曰蓆祥龠切

聞句曰敝予又止還予授止舊四句今爲六句

總聞曰好賢如緇衣惡惡如巷伯古稱緇衣止爲好賢尋詩不見有他意大率先儒雜記引詩多隨意隨事不皆叶其本旨此所引二詩畧合

將仲子三章

將仲子兮無踰我里無折我樹杞豈敢愛之畏我父母仲可懷也父母之言亦可畏也

當是仲氏逞橫婉爲辭以拒之非敢有愛而父母在上已不敢專弟雖可念恐父母有責吾兄弟皆

有畏也言不特吾得罪汝亦得罪矣以兄爲辭矣
以人爲辭皆拒之辭也
將仲子兮無踰我牆無折我樹桑豈敢愛之畏我諸
兄仲可懷也諸兄之言亦可畏也
將仲子兮無踰我園無折我樹檀豈敢愛之畏人之
多言仲可懷也人之多言亦可畏也
聞音曰毋滿彼切懷胡畏切畏於非切兄虛王切
檀徒沿切
總聞曰鄭氏所引武姜昵叔段欲立爲太子不遂
請制請京又將啟以成亂城潁益由此也尋詩乃

以父母不欲爲辭此事益生于姜氏成于姜氏皆
其本謀故太叔以至于此安得藉以爲辭推之畏
我父母恐是畏諸父母或是畏我諸母必有一謀

叔于田三章

叔于田巷無居人豈無居人不如叔也洵美且仁
叔于狩巷無飲酒豈無飲酒不如叔也洵美且好
叔適野巷無服馬豈無服馬不如叔也洵美且武
叔往而人皆從市爲之空益可觀也
聞音曰田池因切狩始九切好許厚切野上與切
總聞曰仁慈也好和也武毅也三者人之所歸太

叔段何以當之當是其徒夸爲之辭

大叔于田三章

叔于田乘乘馬執轡如組兩驂如舞叔在藪火烈具舉襢裼暴虎獻于公所將叔無狃戒其傷女

藪葭葦之地也用火所以發獸也如今野燒韓氏陸渾火詩可見

叔于田乘乘黃兩服上襄兩驂鴈行叔在藪火烈具揚叔善射忌又良御忌抑磬控忌抑縱送忌

叔于田乘乘鴇兩服齊首兩驂如手叔在藪火烈具阜叔馬慢忌叔發罕忌抑釋掤忌抑鬯弓忌

一章發獸得虎即止此校獵之常制鷹犬得兔即休鷹犬戈矢得虎即息戈矢二章騁伎不以從獸爲事也三章畢事而馬緩矢稀亦覆弓弢將還歸也

聞音曰馬滿補切行戶郎切御魚駕切鴇補苟切阜符有切弓姑宏切

聞物曰鴇當是馬名鴇似鴈有行列似豹有斑文故謂之鴻豹如獅子花之類也

總聞曰公子吕所謂請除之無生民心子封所謂可矣厚將得衆尋詩若有此理

清人三章

清人在彭駟介旁旁二矛重英河上乎翱翔

臨河名清者甚多河清臨清清河清池清陽鄭氏以清陽亭即故清人城引此詩清人在彭當是此地徵調者分而在彭在消在軸毛氏以爲河上地高克邑左氏衞侯甯喜盟于彭水之上衞鄭相近彭或是此

清人在消駟介麃麃二矛重喬河上乎逍遙

清人在軸駟介陶陶左旋右抽中軍作好

左旋旋輊多用左手右抽抽矢多用右手此章爲中軍則前二章爲前後軍也

聞音曰彭普郎切英于良切陶徒報切好呼報切孫氏抽土刀切本搯借用作抽搯亦抽也審爾則好旁紐作蒿爲正但軸字未詳所以不能如前二章也

總聞曰當是軍士有戰心而或抑之不能有所逞左氏繫閔二年所引序皆祖之而增辭甚衍細攷春秋所書鄭棄其師十二月狄入衞是月鄭有棄師之告此必衞告急于其鄰高克實在此行而文公不欲故陷高克于難存之地也尋詩軍容士氣

可見高克之心亦可見三軍之意序所謂好利不顧君杜氏從之似或未然故書鄭者非高克棄師實鄭棄師也據傳宋桓逆衞遺民于河立戴公以廬于漕齊桓使公子帥甲乘以戍漕雖未必衞告鄭或是宋齊告鄭鄭文不同此舉故宋齊獨爲之也

羔裘三章

羔裘如濡洵直且侯彼其之子舍命不渝

此衣羔裘者信矣直而且中侯也甚武而有力也言被朝服而從事武侯彼衣是服者處危而不變主正而不傾與服相稱而不如此也

羔裘豹飾孔武有力彼其之子邦之司直

羔裘而飾以豹皮其狀可見

羔裘晏兮三英粲兮彼其之子邦之彥兮

晏晚也三心星也詩以三爲心星形象數也英心星之光華言衣羔裘自早而至晚心星有光豪意未止彼衣是服者但見其美而不如此之麤縱也

聞音曰侯洪姑切彥魚肝切

聞用曰羔裘加緇衣則爲諸侯之朝服單羔裘則爲卿大夫之朝服狐裘加黃衣則爲諸侯之祭服

單服裘則爲卿大夫之祭服麑裘加素衣則爲諸侯之喪服單麑裘則爲卿大夫之喪服此羔裘卿大夫之朝服也

總聞曰羔裘與羔羊其服相肖而治亂賢否之氣象不同

遵大路二章

遵大路兮摻執子之袪兮無我惡兮不寁故也

執袪留之切執手留之愈切其人決去既已堅苦挽必不樂留者亦不敢取必但願其不速姑小駐以敘久要也

遵大路兮摻執子之手兮無我魗兮不寁好也

聞音曰袪起據切惡烏路切魗齒九切好許厚切

魗令不樂者猶作此狀

總聞曰當是同志相善有不安而他之者以故以好擥之大路非以他譴而避必以正理而去者也故顯行而無畏憚

女曰雞鳴三章

女曰雞鳴士曰昧旦子興視夜明星有爛將翺將翔弋鳧與鴈

當是君子與朋友有約夫婦相警以曉恐失期也

大率此詩婦人爲主辭故子興視夜以下皆婦人之辭士女問答相應起辭也亦婦人之辭也所適必邇河或渡河故以弋鳧鴈爲辭此鴈或是春自南歸北或是秋自北趨南鴈隨陰陽不以中國爲居比及秋則已寒今夜興星爛似是春時可以早出也

弋言加之與子宜之宜言飲酒與子偕老琴瑟在御莫不靜好

弋而得鳧鴈又增加之以多爲貴也言賓客饗飫之餘則我與子宜飲酒作樂言所得不獨宜及友亦當宜及我同享之也所以貴子加之恐不足也

知子之來之雜佩以贈之知子之順之雜佩以問之知子之好之雜佩以報之

婦人警君子行期知其良友不可誤約所以一章連三知言知之審也若知非良必不導君子以曉出相同行爲樂事也所備備爲問遺者勸君子畢行樂約俱來言我已有待于無所慮也

聞音曰加居之切老魯之切來鄰知切好許厚切順叶問好叶報惟來贈不叶贈當作詒字轉不然則以之爲韻詩多如此

聞用曰古以玉爲佩佩雜佩者不必以玉他物但有鳴聲者皆可爲佩

總聞曰當是君子喜結客婦人又好客惟恐君子不得良友也亦欲其來以觀其人杜氏送王砅詩自陳翦髻鬟鬻市充杯酒上云天下亂宜與英俊厚向竊窺數公經綸亦俱有此殆類王珪之妻也

有女同車二章

有女同車顏如舜華將翺將翔佩玉瓊琚彼美孟姜洵美且都

舜木槿也盛夏已吐花當是此時國人見而喜之

辭也

有女同行顏如舜英將翺將翔佩玉將將彼美孟姜德音不忘

聞音曰華方無切行戶郎切英於良切將七羊切

總聞曰所見親迎之禮彼美之貌似是與婦成禮而非憚耦辭昏者左氏鄭忽辭齊昏之事甚詳此專拾其說不惟尋詩無見而亦與左氏不合當是因姜姓爲齊女遂以鄭忽附之識者更詳

山有扶蘇二章

山有扶蘇隰有荷華不見子都乃見狂且

扶蘇野蘇也荷華菡萏也扶如言扶疏與密此婦人適夫家經歷山隰所見當是媒妁始以美相欺相見乃不如所言怨怒之辭也

山有橋松隰有游龍不見子充乃見狡童

龍葒草也游如言游放龍當爲蘢省文古鼎彝文多從省國爲或鉦爲正銖爲朱祥爲羊有極省者哉爲才帝爲（館本案此下原本缺）

聞音曰華方無切且子餘切

總聞曰此媒妁之過也今多或如此

蘀兮二章

蘀兮蘀兮風其吹女叔兮伯兮倡予和女

落葉當是秋時蘀已槁風又加其勢可見親族當力相扶持尊者爲倡而卑者相和庶幾能免此當是尊者無情卑者有意雖有所禱亦有所責之辭

蘀兮蘀兮風其漂女叔兮伯兮倡予要女

聞音曰和戶圭切老子高下之相傾長短之相形聲音之相和前後之相隨和叶吹類此漂匹遙切要于遙切

總聞曰或國與家未可知當是有乘微弱而謀傾奪者有識有情動念而力不能辦故有求于爲倡

者也

狡童二章

彼狡童兮不與我言兮維子之故使我不能餐兮

狡童卽山有扶蘇所見者也與正己者相疏必與比己者相昵此忠于彼者所以不遑食不能息也

彼狡童兮不與我食兮維子之故使我不能息兮

聞音曰餐七宣切

總聞曰鄭忽言行蓋亦近賢不可以成敗論人所謂狡童當有他人當之非謂忽也

褰裳二章

子惠思我褰裳涉溱子不我思豈無他人狂童之狂也且

溱出浮石嶺青衣山洧出潁川陽城山褰裳而涉不待其舟以度其情必有甚急者尋詩無見當是鄭人不安狂童欲脫身遠害而外境有相知者以情屬之相知又似不領其情故其辭若甚急而有切責之意也

子惠思我褰裳涉洧子不我思豈無他士狂童之狂也且

總聞曰三詩皆及狂狡之童正文不得其的而他

文未可盡信不知在位之君惟覩在位之臣不知在家之長惟覩在家之鄰有一皆當相遠而利害最迫禍福所係莫若在位之君臣也鄭自昭公之後子亹子儀連弒而子儀號曰鄭子當是初立少年故有子稱及在位十四年而戕于傅瑕亦不改子號與童頑應其臣如高伯祭伯傅瑕之徒皆專强但未見童狀其他皆無見也

丰四章

子之丰兮俟我乎巷兮悔予不送兮

丰親迎者之貌當是壻無可議而主昏者忽有所嫌當是時已至男來迎而主昏者卒有異謀不克

成禮後有悔者也

子之昌兮俟我乎堂兮悔予不將兮

衣錦褧衣裳錦褧裳叔兮伯兮駕予與行

裳錦褧裳衣錦褧衣叔兮伯兮駕予與歸

當是主昏以不克成禮而悔他推叔伯以遣送之蓋已有慚也

聞音曰丰芳用切巷胡貢切行戶郎切

聞用曰褧檾也枲屬也（館本案檾原本作榮今據說文檾爲枲屬改）言以枲爲錦當是士庶之家也

總聞曰與擇兮皆及叔伯二詩必出一家此伯叔者當是宗黨所推衆情所附故事有難處者率以歸之

東門之墠二章

東門之墠茹藘在阪其室則邇其人甚遠

當是女家男家相鄰室甚近而人甚遠蓋男家頗難之而女家欲成之也

東門之栗有踐家室豈不爾思子不我即

踐不必言淺欲其履此地也尋詩其人甚遠女未就男子不我即男未就女若奔則不期而遽合何

有此辭

聞音曰墠上演切

總聞曰尋詩不見奔狀奔當作去聲猶言急投也冒危犯難觸刑越禮皆有所不顧情所逼也雖遠且不憚奚況不遠此詩從容悁悒與棄不同蓋謀昏而未諧也女采茜以染采栗以食之際不無所感固非正念然以爲奔則過也

風雨三章

風雨淒淒雞鳴喈喈既見君子云胡不夷

此詩言風雨之狀當是秋時

風雨瀟瀟雞鳴膠膠既見君子云胡不瘳

風雨如晦雞鳴不已既見君子云胡不喜

聞音曰喈居奚切瘳憐蕭切晦呼罪切

總聞曰婦于夫多稱君子當是秋時將旦而聞雞
此婦人之情所難處者也方有所思而遽見故有
與悅愈疾之辭

子衿三章

青青子衿悠悠我心縱我不往子寧不嗣音

此已在位而故人在野者也青衿野服當是相思
而有欲見之意望其來而不肯至者也

青青子佩悠悠我思縱我不往子寧不來

挑兮達兮在城闕兮一日不見如三月兮

此從事在都多務不得適野以此寄謝然其不安
之情可見

聞音曰佩蒲眉切來陵之切達他悅切

聞訓曰挑達不安貌

總聞曰故人在位而不往見蓋賢者也故人在野
而有所懶亦賢者也曹氏青青子衿悠悠我心但
為君故沈吟至今正引此詩無爽

揚之水二章

揚之水不流束楚終鮮兄弟惟予與女無信人之言
人實迋女
此與周揚之水其辭多同當是同居此水之旁故
平常諷道之語多習傳也
揚之水不流束薪終鮮兄弟惟予二人無信人之言
人實不信
當是兄弟止二人無他昆爲人所間而不協者此
蓋兄辭
聞音曰女忍與切信斯人切
總聞曰束楚束薪亦與周揚之水同意吾家之薪
蒸非水所流而與之惟兄弟輸筋力然後可致也
何可信人言以啓家事乎

出其東門二章
出其東門有女如雲雖則如雲匪我思存縞衣綦巾
聊樂我員
出其闉闍有女如荼雖則如荼匪我思且縞衣茹藘
聊可與娛
雖游女如雲之盛如荼之密皆非所思知其有所
主也惟縞衣而綦巾縞衣而茹藘者可與通歡縞
衣婦喪夫者也綦蒼艾色茹藘絳色以色包首出

游不肯全縞男見此動念知其無所主也
聞音曰闍東徒切且叢租切存也
總聞曰此婦人不純喪服且居喪而出游男子之
無似者所動心也出其東門東門之墠皆言東門
葢其國都湊集冶樂之地茜草必此方所多有故
亦連及之

野有蔓草二章

野有蔓草零露漙兮有美一人清揚婉兮邂逅相遇
適我願兮
當是深夜之時男女偶相遇者也

野有蔓草零露瀼瀼有美一人婉如清揚邂逅相遇
與子偕臧
雖以情合亦欲以禮成也葢有慚心欲葢外議也
聞音曰漙上兗切願五遠切
聞字曰漙或作團不必後用作團亦得所謂庭前
有白露暗滿菊花團團包裹也言露多也此漙亦
是此意
聞訓曰如音訓皆作而古字多用此春秋星隕而
雨毛氏君子偕老清覛清明也揚廣揚而頭角豐
滿也此清揚眉目之間皆毛氏訓而微異今從前

說

總聞曰大率始無恥而終有慚聖人多憐之凡存諸詩皆非斥絕者也

溱洧二章

溱與洧方渙渙兮士與女方秉蕑兮女曰觀乎士曰既且且往觀乎洧之外洵訏且樂維士與女伊其相謔贈之以勺藥

女情有所迫男心有所憚故再督而始從

溱與洧瀏其清矣士與女殷其盈矣女曰觀乎士曰既且且往觀乎洧之外洵訏且樂維士與女伊其將謔贈之以勺藥

舊說椒滋陽者也故女贈男以椒芍藥滋血者也故男贈女以芍藥雖不害爲過用意然揆以人情未必如此相遇相謔之際過目所見隨手所得皆可以寄情詒椒又同遺之時俗謂棄路者也安得更有所擇

聞音曰渙于元切蕑居賢切且叢租切

聞跡曰溱逼作潧水經潧水即溱也許氏鄦氏皆引此詩溱與洧者也左氏龍鬬鄭時門之外洧淵時門鄭南門也今洧水自鄭城西北入而東南流

逕鄭南城之南門蓋洧占鄭都城內外爲多故此言洧亦多洧之內則城內而洧之外則城外也

總聞曰士始以辭拒女卒以情從女士過輕于女過蓋自女先發端而又督成也鄭氏以爲仲春韓氏以爲上巳則季春也鄭俗于此招魂續魂秉蘭草祓除不祥皆附合此詩氣象頗似晚春聚會游觀之時但不知上巳何攷

詩總聞卷四

後學　王簡　校訂

詩總聞卷五

宋 王質 譔

齊風

雞鳴三章

雞既鳴矣朝既盈矣匪雞則鳴蒼蠅之聲

非雞鳴乃蠅聲非東明乃月光所以安

東方明矣朝既昌矣匪東方則明月出之光

蟲飛薨薨甘與子同夢會且歸矣無庶予子憎

雞曉尚以同夢爲美俾趨朝者且歸令人無多以

我爾爲憎予斥己也予斥君也言不使其歸則二

人皆受多憎也此皆婦人之辭

聞音曰明謨郎切惟皇矣其德克明如今音餘皆

謨郎故詩韻亦不可盡拘古而廢今也夢莫滕切

總聞曰不見賢妃警戒之意孔氏以爲非雞實鳴

乃蠅之聲夫人在君所心常驚懼故以蠅聲爲雞

鳴蓋謂驚懼之心亂其神故雞蠅之聲亂其聽也

識者更詳

還三章

子之還兮遭我乎猺之閒兮並驅從兩肩兮揖我謂

我儇兮

子之茂兮遭我乎猺之道兮並驅從兩牡兮揖我謂我好兮

子之昌兮遭我乎猺之陽兮並驅從兩狼兮揖我謂我臧兮

肩牡狼皆稱兩者彼亦有之此亦有之也故上皆稱並驅下皆言從兩

聞音曰還旬緣切間居賢切茂莫口切道徒厚切好許厚切

聞跡曰猺山在齊地當是如犬形象山豺山皆取形似

聞人曰以子爲稱以揖爲禮似是士大夫

聞事曰並驅不必同行東西相遇亦曰並並言旁也漢書並音補曠切

總聞曰此中士常態亦不必太夸當是輕儇驕恣之人非嘉士也不若大叔于田將叔毋狃戒其傷女此頗有愛主及物之情也

著三章

俟我於著乎而充耳以素乎而尚之以瓊華乎而

君子與婦人成昏相肅之際也

俟我於庭乎而充耳以青乎而尚之以瓊瑩乎而

俟我於堂乎而充耳以黄乎而尚之以瓊英乎而

言其服不言其人似鄙其人也或指服爲美或指服爲惡尚飾也言飾卽不足于眞美加飾以外美故知爲鄙辭也

聞音曰著直居切素孫租切華芳無切瑩于平切英於良切

總聞曰當是貴勢專事服飾稍虧禮文故女子有望辭三進而三見易服乎疑辭而鄙辭此女子必有識者也今東人下流相語皆以而殺聲玩易之意也

東方之日兮二章

東方之日兮彼姝者子在我室兮在我室兮履我卽兮

東方日出謂寅卯間也東方月出謂十五六間也此男女竊合同適之日時也

東方之月兮彼姝者子在我闥兮在我闥兮履我發兮

此男子本誘婦人而來乃若無故而至者佯爲驚狀欲攜婦人而去乃若見迫不得已者佯爲窘狀此淫夫而又有狡數者也卽就也發起也履踐也

凡足所就所起之地皆履踐之俗謂一步蹈一步也

東方未明三章

東方未明顛倒衣裳顛之倒之自公召之

東方未晞顛倒裳衣倒之顛之自公令之

折柳樊圃狂夫瞿瞿不能辰夜不夙則莫

趣朝不厭早興遁循所以御鉏麑也況欲曉未曉當興久矣此必是醉亂之中偶有徵召之命而以非時召臣告其君以逞狂駭又罪其使至以我折柳為藩故狂夫得越也俗所謂放鷹者也既挾持其君又挾持其將命之人言以君召臣非早則晚不過在日未有在夜者也君召有急則非時致之安論早夜此臣當是枝腸凶德者也

聞音曰明讀郎切顛典因切令離呈切圃搏同切瞿其具切夜羊茹切莫幕故切

總聞曰君不能御下臣不能奉上君命不俟駕而行何告之有雖其君有以致之然其臣亦大難堪也舊說歸過于君恐未然又歸過于壺人似亦無謂

南山四章

南山崔崔雄狐綏綏魯道有蕩齊子由歸既曰歸止
曷又懷止

雄者如此雌者可知當是士大夫之在田野者作此故以南山野狐起辭其中麻畝薪斧皆田野之物此必士大夫所居在南山而近魯道所見者也毛氏襄公文姜之醜見魯桓十八年既歸于人雖故情亦宜斷何尚有懷也

葛屨五兩冠緌雙止魯道有蕩齊子庸止既曰庸止
曷又從止

葛屨在足冠緌在首各有所麗不可差也文姜雖齊妹而魯婦既用此禮其勢豈可以復相從責齊襄之辭

蓺麻如之何衡從其畝取妻如之何必告父母既曰
告止曷又鞠止

麻必附畝而蓺妻必告父母而娶言文姜初以告父母為夫婦正也既以正昏而不能以正裁制養成至此自是而下責魯桓之辭

析薪如之何匪斧不克取妻如之何匪媒不得既曰
得止曷又極止

薪必以斧而析妻必以媒而成言文姜初以媒妁

而爲夫婦亦正也大率其初皆以正而其末乃流于惡至此極也

聞音曰懷胡隈切雙所終切畝莫後切母莫後切告姑沃切

總聞曰文姜鄉忽所辭者也以爲賢而不娶識者更詳

甫田三章

無田甫田維莠驕驕無思遠人勞心忉忉

田大則人功難周故多莠人遠則思力難及故多勞也此人似是襄公古人取名不一且以童年取名言之襄公諸兒即其身取晉侯小子淄子嬰兒亦即其身取此詩稱總角至突弁畧似襄公氣象也

無田甫田維莠桀桀無思遠人勞心怛怛

婉兮孌兮總角丱兮未幾見兮突而弁兮

初見童稚忽見長成言年長而識不長也

聞音曰丱扃縣切

總聞曰此老臣事幼君之辭不曉者以爲孩撫其君曉者以爲眞愛其君也襄公自遷紀之後必啟其圖遠之心而有無厭之志此臣當先已覺連稱

管至父之孽有萌不若姑置遠而且防近也似是
鮑叔牙之流

盧令三章

盧令令其人美且仁

言縱犬獵獸之人也此事仁者爲之方爲美也下
章他美皆生于此

盧重環其人美且鬈

盧重鋂其人美且偲

聞音曰令盧經切說文獜健也引詩盧獜獜可從
若從本文作鈴聲亦可環胡涓切偲新齎切說文

以思得聲

總聞曰此當是旁觀而爲之夸譽者也能以仁爲
首辭則作此詩者必有識者也

敝笱三章

敝笱在梁其魚魴鰥齊子歸止其從如雲

敝笱在梁則魚之恣適可知齊姜之狀如此當有
同惡相爲慫慂者衆也故曰如雲如雨如水

敝笱在梁其魚魴鱮齊子歸止其從如雨

敝笱在梁其魚唯唯齊子歸止其從如水

聞音曰鰥姑倫切鱮才呂切唯維癸切

聞訓曰唯毛氏以爲出入不制鄭氏以爲行相隨順猶人譍諸曰唯隨順者是

總聞曰南山歸魯之時此如齊之時也葢魯桓未殞雖未殞如無人如筍旣敝而在梁鳥能制魚也其他會齊則魯桓已殞雖筍亦無也

載驅四章

載驅薄薄簟茀朱鞹魯道有蕩齊子發夕

以暮發言心急也

四驪濟濟垂轡濔濔魯道有蕩齊子豈弟

汶水湯湯行人彭彭魯道有蕩齊子翺翔

汶水滔滔行人儦儦魯道有蕩齊子遊敖

聞音曰薄晉各切夕祥龠切弟待禮切湯失章切彭必旁切

聞訓曰豈弟樂易也在詩皆爲美稱故鄭氏疑之以豈爲闓以弟爲圛言開明猶發夕也以爲古文尚書以弟爲圛今攷皆無（案猶言今皆無攷）樂易猶彷徉與下文相應不必強改

聞事曰簟茀朱鞹自是文姜所乘之飾不必言襄公益謂朱鞹諸侯之路車故以爲齊侯是時文姜若乘魯侯之車何人能禁文勢自是文姜也

總聞曰文姜自歸魯之後一與莊公如齊出魯還魯之後五自會齊杜氏夫人爲魯人所責故出奔內諱奔故謂之孫又文姜與魯桓俱行而桓爲齊所殺故不敢還若爾則非奔也又文姜未還故傳稱文姜出姜于是感公意而還若爾則復還也此詩當在孫齊之後也

猗嗟三章

猗嗟昌兮頎而長兮抑若揚兮美目揚兮巧趨蹌兮射則臧兮

猗嗟名兮美目清兮儀既成兮終日射侯不出正兮展我甥兮

俗傳外甥多似舅或魯莊稍肖齊襄好騰口者遂有齊侯之子之稱故詩人爲魯莊解謗言信爲我甥也

猗嗟孌兮清揚婉兮舞則選兮射則貫兮四矢反兮以禦亂兮

齊襄與文姜會禚會穀猶在齊地至防則不會齊地而會魯地恐越境貽患故齊人諷魯莊防變言不若反其矢而禦內亂益懲魯桓之事也

聞音曰正諸盈切貫扃縣切反孚絢切亂靈眘切

聞訓曰昌名變皆譽其才之辭長淸婉皆譽其貌之辭不應二章目上爲名目下爲淸不必從爾雅止作名譽之名文勢爲佳

總聞曰桓公父也文姜母也莊公子也莊公早年而桓公已沒文姜已出其後縱横往來魯齊之間挾母之尊倚齊之強安可防閑雖高世大賢處此亦難以爲魯莊無出羣之英斷無化物之妙用則可失子道則太過也自舜之後豈可輕以此責人莊公未見可罪但見可憐爾

魏風

葛屨三章

糾糾葛屨可以履霜摻摻女手可以縫裳

葛屨忽已履霜言時易遷夏忽冬也女子忽已縫裳言人易長小忽大也當嫁之時也下所謂佩其象揥亦同

要之襋之好人服之好人提提宛然左辟

要褼襋領也好人服之者言將適人以此供夫服也好人提提夫壻行將至也提提涉泥水貌宛然左辟忽已在左也辟旁邊貌妻父母之前男居左女居右今猶言左辟右辟辟有數訓一辟積言襉

疊也一便辟言多禮節也一糾摘也一胘也一邪
也一法也一君也一除也此當爲除言礙路過兩
旁故曰除道此皆入聲去聲回也毛氏不敢當尊
宛然而左辟亦在旁之意陸氏讀作避叶揥恐非
佩其象揥維是褊心是以爲刺
言婚嫁太速其意欲早使夫力婦功以濟其家不
虛度也此所以爲褊而可刺也今河東風俗如此
人家無有閑食者雖幼兒稚女亦隨力有職易林
引此絲紵布帛人所衣服摻摻女手紩績繕織案今易林云紡績繕織此紩字誤
南國饒足取之有息自北言之則

魏近南故曰南國此其民風大畧也
聞訓曰服蒲北切辟吳氏毘義切叶揥刺今連上
叶𧝂服刺七賜切當讀與砌相近如雌爲妻此爲
訿今俗讀訛吳氏良是
聞章曰舊二章今爲三章
總聞曰旣以民待之安有葛屨不可履霜令民草
屨不問嚴寒烈雪細民皆然又安得廟見三月方
可執婦功又安得爲女不可縫下服女子亦有下
服如袒服皆與男子同制此亦非所以待民也毛
氏鄭氏之說識者更詳

汾沮洳三章

彼汾沮洳言采其莫彼其之子美無度美無度殊異乎公路

水際采草爲人菹采桑爲蠶飼此窮賤之事也賦丰美之容而躬窮賤之役殊不似貴族訶之辭也

彼汾一方言采其桑彼其之子美如英美如英殊異乎公行

彼汾一曲言采其藚彼其之子美如玉美如玉殊異乎公族

聞音曰莫末故切英於良切行戶郎切

聞物曰莫茂子也如楮實藚澤瀉也如牛脣初生皆可菹亦謂牛脣菜

聞跡曰班氏魏在晉南河曲故曰彼汾一曲寘諸河之側不必如此水豈有無曲莫不有側特語法若此爾

總聞曰貴者肯任賤者之事爲人所難當爲衆所服而見者已有殊異之辭寖生輕心當是障固山澤奪凡民之所資也

園有桃二章

園有桃其實之殽心之憂矣我歌且謠不知我者謂

我士也驕彼人是哉子曰何其心之憂矣其誰知之其誰知之葢亦勿思

園有棘其實之食心之憂矣聊以行國不知我者謂我士也罔極彼人是哉子曰何其心之憂矣其誰知之其誰知之葢亦勿思

采桃實以爲殽采棘實以爲食士大夫朋友相與會集游適者也但其憂不知何事發之歌謠付之行國必有難言而不可顯陳者也當是寡識者以歌謠爲縱情而事驕佚以行國爲騁意而無終窮懷憂者稍辨數之彼人君也是此事也言不君也

何其當何如也言將亾也我之所憂人所不知所以不知者特不思而已苟思則與我同憂也此必其君或愎而自是或昏而無知而君子避患隱憂爲國而有此風大不美也

聞音曰哉將黎切思新齎切國越逼切

聞人曰魏自周惠王庚申爲晉所滅以封畢萬當時已有先覺者卜偃以爲魏大名也萬盈數也畢萬之後必大司馬氏以爲自晉獻公卒四子爭立而畢萬之後彌大自晉文公入而武子有功晉悼公立而昭子又有功獻子桓子奕世愈張此當是

有識者憂晉之終爲魏有也但不知在何時周威烈王戊寅始建國裂晉分邦與韓趙同派形勢已久卜偃能見于初封之時而況寖久而寖現乎此士大夫與朋友相與言者也故曰子曰何其此人未必深相知然可與言者也

總聞曰鄭氏魏君薄公稅省國用不取于民食園桃而已不修德教民無以戰此侵削之由惟患公稅不薄國用不省雖食園桃何害士階茅茨此堯所爲聖也德教孰大于此有君如是凡民願戴何患無以戰此富強之本非侵削之端也識者更詳

陟岵三章

陟彼岵兮瞻望父兮父曰嗟 止 予子行役夙夜無已上愼旃哉猶來無止

此臨行而尚相顧子有恨無言瞻望而已其父之辭督以勤勉以謹如此尚可來歸母兄之辭皆然止留也病而留所在不能歸也棄遺也遁而不及其部伍不能同歸也死甚于止棄也皆庶幾不如此悲之辭也

陟彼屺兮瞻望母兮母曰嗟 止 予季行役夙夜無寐上愼旃哉猶來無棄

陟彼岡兮瞻望兄兮兄曰嗟止予弟行役夙夜必偕

上慎旃哉猶來無死

與部伍偕行不可獨後後必有刑也

聞音曰岵後五切父扶雨切子奬禮切屺墟里切

母滿罪切兄虛王切弟待禮切偕舉里切死想止

切

聞句曰嗟斷句文勢當然語意更切

總聞曰毛氏父尚義母尚恩兄尚親尋詩予子予

季予弟之辭皆親也夙夜上慎之辭皆義也無止

無棄無死之辭皆恩也偶行役者少子爾非專愛

其少子也若使孟子仲子當亦復然

十畝之間二章

十畝之間兮桑者閑閑兮行與子還兮

居民惟恐其不多上固欲如此下亦欲如此翕集

則舒愉此樂國之象也當是人多桑少爲權力所

噬囓採摘故民他求桑以育蠶爾今鄉落之間蠶

時至爲急迫近無所取則遠無所不至有獲而

徑歸者有無獲而不肯空歸前邁而他求者此或

還或逝者也

十畝之外兮桑者泄泄兮行與子逝兮

聞音曰聞居賢切閑胡田切泄以世切

總聞曰魏俗多以蠶爲業以織轉食益地勢隘而稼事不廣也蠶月壯者用力于外弱者用力于內晝夜奔疲今其風尚如此閑空也言桑葉稀也泄漏也言桑陰薄也受畝之內無所取受畝之外又無所取以他求也亦可見當時促迫氣象

伐檀三章

坎坎伐檀兮寘之河之干兮河水清且漣猗不稼不穡胡取禾三百廛兮不狩不獵胡瞻爾庭有縣貆兮彼君子兮不素餐兮

君子伐檀以易食非無故而取給者也不稼穡者

胡爲而取禾不狩獵者胡爲而縣貆胡言汝何爲而乃如此也君子不然計木之大小長短爲資之贏虧多寡非拱手端坐而圖也

坎坎伐輻兮寘之河之側兮河水清且直猗不稼不穡胡取禾三百億兮不狩不獵胡瞻爾庭有縣特兮彼君子兮不素食兮

坎坎伐輪兮寘之河之漘兮河水清且淪猗不稼不穡胡取禾三百囷兮不狩不獵胡瞻爾庭有縣鶉兮彼君子兮不素飧兮

後章言輻言輪則前章所以伐檀者蓋爲此具也

毛氏檀輻檀輪良是

聞音曰檀徒沿切干居焉切餐七宣切側莊力切

飧須倫切

總聞曰觀河之清感君子之潔當是在清河清漳

附近大率詩人觸境而後興辭河本渾而以爲清

或者即委曲解釋此談詩之弊也

碩鼠三章

碩鼠碩鼠無食我黍三歲貫女莫我肯顧逝將去女

適彼樂土樂土樂土爰得我所

此必爲吏臨民者習熟至于三年爾不相顧我亦

不相變凡人情一年猶有望二年已生心三年遂

決志不皆如此大畧如此也謂鼠無食我黍無食

我麥無食我苗遺我爲行資也

碩鼠碩鼠無食我麥三歲貫女莫我肯德逝將去女

適彼樂國樂國樂國爰得我直

直價也所攜之黍之麥之苗苗菜也毛氏苗嘉穀

也茅方苗則可茹穀方苗未可飯也言以此物于

他國轉易以爲生不虧其價也今人稱當價猶曰

直杜氏城中斗米換衾裯相許寧論兩相直此言

至急不復論直也

碩鼠碩鼠無食我苗三歲貫女莫我肯勞逝將去女

適彼樂郊樂郊樂郊誰之永號

永號言不知在後而不能前者何人長號也以去

爲喜以留爲憂

聞音曰顧果五切麥訖力切切國越逼切

聞字曰勞郎下泉郇伯勞之之勞彼去音此平音

音不同意則一呂氏春秋作逃無謂

聞訓曰永號難爲歌號先號咷而後笑喜悲自是

兩事歌號自是兩音語勢亦不如此

總聞曰以鼠斥君度民心雖甚怨之亦不至此又

以三年大比民于是徙若不堪而他適何俟大比

也當是居官滿三歲如今三年爲任之類三載考

績自舜法如此想周制猶然

後學　王簡　校訂

詩總聞卷五

詩總聞卷六

宋　王質　譔

唐風

蟋蟀三章

蟋蟀在堂歲聿其莫今我不樂日月其除無已大康職思其居好樂無荒良士瞿瞿

此感時傷生者也屈氏所謂惟草木之零落恐美人之遲暮當是徇情爲樂故相知相愛者節之爲樂無害而不已則過甚勿至于太康常思其職所主勿至于荒常存良士之態然後爲善也

蟋蟀在堂歲聿其逝今我不樂日月其邁無已大康職思其外好樂無荒良士蹶蹶

蟋蟀在堂役車其休今我不樂日月其慆無已大康職思其憂好樂無荒良士休休

聞音曰莫末故切除直慮切居姬御切瞿其具切邁力制切慆他侯切

聞人曰舊說此晉也而謂之唐本其風俗憂深思遠儉而用禮乃有堯之遺風恐非若以晉本唐堯之都故謂之唐魏本虞舜之都胡不謂之虞乎唐自古以來稱唐周公滅唐而成王封叔虞號曰唐

叔子燮謚爲晉侯非建晉號也自唐叔至靖侯五世史不載年數不知何時爲晉嘗是以燮爲號晉美名也唐侯謚晉衞侯名晉則晉者其後創起之名安得捨其初封之號而從其創起之名此唐之爲唐本無他義也序者見季子之語其有陶唐之遺民乎由此衍意而不細攷其詩也此亦謂聲若據辭不見陶唐氣象

總聞曰此士大夫之相警戒者也杜氏所謂人生歡會豈有極毋使霜露霑人衣

山有樞三章

山有樞隰有榆子有衣裳弗曳弗婁子有車馬弗馳弗驅宛其死矣他人是愉

山木其茂幾時其彫有日所謂此樹婆娑無復生意何不爲樂以度日必有事至于無可若何而朋友之間姑道此以開之也

山有栲隰有杻子有廷內弗洒弗埽子有鐘鼓弗鼓弗考宛其死矣他人是保

山有漆隰有栗子有酒食何不日鼓瑟且以喜樂且以永日宛其死矣他人入室

子有衣裳弗曳弗婁之類則有財不能用也子有

鐘鼓弗考之類則有鐘鼓不能以自樂也子
有廷內弗洒弗埽之類則有朝廷不能洒埽也使
三者皆能亦豈所謂修道以正國者邪
聞音曰栲云九切許氏讀栲爲糗今作考以考取
聲并與考失之埽蘇后切考去九切保補苟切
總聞曰舊說以此待君豈事君之道有國有民縱
使不幸而或危能辛苦善下人當如句踐以亾爲
存可也況未至于此而勸以姑耽樂延晷刻此豈
足言而聖人存之

揚之水三章

揚之水白石鑿鑿素衣朱襮從子于沃既見君子云
何不樂
揚水酈氏以爲涑水逕曲沃流注峻急故曰白石
鑿鑿白石皓皓白石粼粼水有石則急此涑水之
狀也揚亦此意恐當以周揚之水爲正此自翼往
沃也當是曲沃密招翼人而來者未見沃君猶驚
疑既見則心安也自桓叔莊伯武公皆與晉爲敵
至武公始成毛氏指爲桓叔此亦難考
揚之水白石皓皓素衣朱繡從子于鵠既見君子云
何其憂

揚之水白石粼粼我聞有命不敢以告人

此密受桓叔之命而不敢告人已獨陰遁也既至則始安爲詩以自慰其心喜之辭也

聞音曰襮伯各切沃鬱鎛切易林揚水潛鑿使不潔白衣素表朱游戲皐沃得君所願心志娛樂正引此詩白侯各切繡先妙切鄭氏詩有朱衣朱霄霄讀如宵鵠毛氏以爲曲沃邑未見以語勢推之當是地名漢書鵠澤孟氏音告告古多居沃切憂一笑切命彌并切

總聞曰詩明言沃故引曲沃之事實之他于詩未

顯者依其辭繹其意不敢指其事或者附合太過廢太子榮召公子陽生于魯而立之陽生夜至齊國人知之而皆不言所謂我聞有命不敢以告人也此亦難必司馬氏所載晉臣潘文弑昭侯而迎桓叔又陘庭與武公爲謀伐晉于汾旁又使韓萬殺晉哀侯又曲沃誘召殺晉小子皆陰謀詭計不敢告人者也世代迢遠文字訛落惟意事稍叶若茫然莽以意推又茫然欲與事合恐未可爲定論也

椒聊二章

椒聊之實蕃衍盈升彼其之子碩大無朋椒聊且遠條且

聊姑也姑即其近者采之其香已如此況于遠也大率山林之物深遠者愈芬花草之屬皆然此當是士大夫之賢妻有令譽者以爲姑言其美碩大已無與倫碩大已不勝厚若盡言之又不止此聊字遠字可見

椒聊之實蕃衍盈匊彼其之子碩大且篤椒聊且遠條且

西北婦人大率以厚重爲美東南婦人以輕盈爲美故美女多歸燕趙此稱碩大者蓋其風俗也嘗見北方士女畫圖皆厚重中有妍美態與東南迥不同也大率觀漢蜀與吳越即南北約畧可見

總聞曰嘗行關陝道路深秋初冬之間椒香不可言大率漫山瀰嶺無有雜木近道所聞多烈而逆鼻自遠傳來者不甚烈而頗幽尤可人也秦蜀多相似但秦椒差大而紋低蹙蜀椒差小而紋高蹙或已摘且致遠者其香十不及二三也

綢繆三章

綢繆束薪三星在天今夕何夕見此良人子兮子兮

如此良人何

三星心星也當是戌亥間此時采薪必有所規也今夕何夕難逢忽遇之意也後人多用杜氏所謂今夕復何夕共此燈燭光然男子則易爲討婦人將如之何此必旁觀者爲辭非抉摘其陰私蓋有所憐也

綢繆束芻三星在隅今夕何夕見此邂逅子兮子兮如此邂逅何

綢繆束楚三星在戶今夕何夕見此粲者子兮子兮如此粲者何

聞音曰天鐵因切芻側九切隅語口切逅狠口切者掌與切

總聞曰毛氏三參星也鄭氏三心星也二說皆通古參字皆作曑言參星有理心字象形言心星亦有理小星三五在東謂心星也今從心星但鄭氏以爲三星在天四月中在隅五月中在戶六月中隅戶在人所處難以定星候也

杕杜二章

有杕之杜其葉湑湑獨行踽踽豈無他人不如我同父嗟行之人胡不比焉人無兄弟胡不佽焉

此獨行野樹之間可憐亦有他人可以相同終不若同父親兄弟也同姓族兄弟也獨行之人胡不與兄弟相親行人之兄弟亦胡不與獨行者相助葢兩俱有失此無情于彼彼無情于此林莽如此之盛不無驚傷而獨行何也

有杕之杜其葉菁菁獨行睘睘豈無他人不如我同姓嗟行之人胡不比焉人無兄弟胡不佽焉

聞音曰比毗志切姓桑經切古姓讀如星葢用旁紐

總聞曰無兄弟非無兄弟也與無兄弟同所謂爾有母遺伊我獨無何者此無所比彼無所助也語意可悲當是旁親而與憐皆以胡不爲辭問之不知何以荅之也兄弟參差之間必有內叛而生悔者

羔裘二章

羔裘豹袪自我人居居豈無他人維子之故

羔裘朝服豹飾羔裘而豹飾其失士大夫之體如此自我與此人室相近居室也情相深究深也豈無他人相定交而有所不忍舊不可忽變不可替也

羔裘豹褎自我人究究豈無他人維子之好
聞音曰好之候切
聞字曰褎舊說服飾盛也又說猶袪也今攷古文
袖作褎音袖又音狖恐是字轉
總聞曰此朋友切責之辭切責之中忠厚所寓此
風亦可嘉也

鴇羽三章

肅肅鴇羽集于苞栩王事靡盬不能蓺稷黍父母何
怙悠悠蒼天曷其有所
集則有糴苞則有食今稷黍不能種父母不能養
為人而不如鴇有感與悲無所赴于人而愬于天

也
肅肅鴇翼集于苞棘王事靡盬不能蓺黍稷父母何
食悠悠蒼天曷其有極
肅肅鴇行集于苞桑王事靡盬不能蓺稻粱父母何
嘗悠悠蒼天曷其有常
當是王所于侯國有所徵發故曰王事
聞音曰行戶郎切
聞物曰苞始出之芽也說文苞草也集韻木叢生
曰枹通作苞禹貢草木漸包上旁不從草木當從

禹貢包有初生意

總聞曰詩以種藝爲辭當是農民爲民而從王事亦固其分有其地不當徵而徵者故曰曷其有所有其數至頻而不止者故曰曷其有極有其期當更代而不得者故曰曷其有常曷其何其也問天之辭也

無衣二章

豈曰無衣七兮不如子之衣安且吉兮

豈曰無衣六兮不如子之衣安且燠兮

禮上公侯伯七命其國家宫室車旗衣服儀禮皆以七爲節案儀禮當爲禮儀如周官文王之三公卿六命其國家宫室車旗衣服禮儀亦如之衣七者侯伯而爲上卿之儀也衣六者卿而爲王三公之儀也其上不敢求九命而求七命又不肯求五命其次不敢求八命而求六命又不肯求四命鄭氏非變七言六謙也七者其君求上公之禮也六者其臣求王卿之禮也皆即其中求之務必得也

總聞曰此與旄節吾自有要假長安本色何異然有可恕者三其君不敢求上公之極禮而求其次禮上公三太也其臣不敢求三公之極禮而求其

次禮三公三少也皆虛其上而求其次亦可恕也以爲安則吉不安則凶安則燠不安則凶以上之命爲安二可恕也因使者以請命不敢抗天子以專達三可恕也此必晉之任國事挾機數之人然聖人不棄猶有愈焉者也

有杕之杜二章

有杕之杜生于道左彼君子兮噬肯適我中心好之曷飲食之

此當是山林之君子杕杜生道左道周而未嘗前除是無招來之跡及于山林也冀其自至誠難好賢果于真心縱未能共位治職盍少逼勤渠上之人徒怪君子之不來而不知君子豈肯無因而輕至也韓氏所謂無求于人其肯爲我來邪

有杕之杜生于道周彼君子兮噬肯來遊中心好之曷飲食之

聞音曰以之相叶亦可若正古音則好祖似切以子得音食象齒切與好相叶也大率當隨韻以類求之

聞物曰兩詩連及杜又皆稱杕其措辭全同恐是其人同所其地多此物故皆指以興辭今甘棠棃

也大率詩同辭者必其事相涉其地相連其意相符其語相傳無有偶然者

總聞曰繼粟繼肉非所以致賢然其意必有以將之商山已絕世亦以辭幣而來噬不肯之確也今人猶作此意

葛生五章

葛生蒙楚蘞蔓于野予美亾此誰與獨處

此君子出役而不歸婦人獨處而興哀也毛氏夫從征役棄亾不反其妻居家而怨思尋詩有思無怨葛蒙楚蘞延蔓想像其所浸之地也鄭氏君子從軍未還未知死生尋詩已知決死不復疑生下章角枕錦衾毛氏禮夫不在斂枕篋衾席韣而藏之鄭氏夫雖不在不失其祭攝主主婦猶自齋而行事大似不必爾也平時衾枕同宵今見衾枕而不見人此所以不能獨旦也傷之極也

葛生蒙棘蘞蔓于域予美亾此誰與獨息

角枕粲兮錦衾爛兮予美亾此誰與獨旦

夏之日冬之夜百歲之後歸于其居

冬之夜夏之日百歲之後歸于其室

鄭氏思者于晝夜之長時尤甚其說甚佳

聞音曰野上與切夜羊茹切居姬御切

總聞曰生無可見之日死有相逢之期此詩傷存悼沒最哀又非大車生則異室死則同穴之比也

采苓三章

采苓采苓首陽之巔人之為言苟亦無信舍旃舍旃苟亦無然人之為言胡得焉

尋詩恐專是申生之事首陽夷齊逃孤竹之命避武王之恥所隱之地也當是國人憐申生不欲其死而欲其逃以為其讒少待而自明也人為誣罔之言苟不信則見捨儻無此則何所得而為之必

有時而窮此可姑遲不必遽就盡也

采苦采苦首陽之下人之為言苟亦無與舍旃舍旃苟亦無然人之為言胡得焉

采葑采葑首陽之東人之為言苟亦無從舍旃舍旃苟亦無然人之為言胡得焉

苓茯苓也苦苦荼也葑蕪菁也可食亦足以充飢而待讒之消親之悟也

聞音曰巔典因切說文以顛得聲集韻顛典因切易林日在阜巔鄉昧為昧案今易林云嚮昧為小昏是也下昧字誤人成羣君子傷倫典因審也信斯人切下後五切

其餘皆助辭然旃焉相叶

聞跡曰首陽山在河東蒲坂縣雖逃亦不越境未大傷義也

總聞曰左氏驪姬謂申生曰君夢齊姜必速祭之申生祭于曲沃歸胙于公公田姬寘諸宮六日公至毒而獻之祭地地墳與犬犬斃與小臣小臣亦斃姬泣曰賊由太子或謂申生子辭君必辨焉申生曰君非姬氏居不安食不飽我辭姬必有罪曰子行申生曰君實不察其罪被此名以出人誰納我乃縊杜氏毒酒經宿輒敗而經六日明公之惑

當以六日之狀自理是知其譖易明縱未必辭且少待之則六日之譖自露申生亦以爲辭姬必獲罪六日之譖蓋易辨也采苓之詩必左氏所謂或人者也雖姓名不著必識事通方愛賢嫉惡之人也

秦風

車鄰三章

有車鄰鄰有馬白顚未見君子寺人之令

此謀臣策士以車馬招致而來以寺人傳辭而見當是秦已懷此意求此人而共畫此事也

阪有漆隰有栗既見君子並坐鼓瑟今者不樂逝者其耋

阪有桑隰有楊既見君子並坐鼓簧今者不樂逝者其亾

言土地饒衰如此豈可虛度此生也

聞音曰顛典因切令力呈切耋地一切

總聞曰秦萌心已久有志有人有勢積久恢崇安得而不成惟其造端以傾而不以正故末流亦異常也後世惟漢造端稍正崛起匹夫之中而取諸羣雄之手故末流亦不至太甚王氏十餘年而光武興曹氏同時而先主興百餘年而宋武帝興六百餘年而漢高祖興其他假名旁系不可勝數凡以秦建號者皆不旋踵苻堅近有道之君秦近升平之世然一敗塗地此不類亾國而甚于亾國求其故而不可得特以兩國號而推天意人情畧可見也或以逝者其耋逝者其亾附合西戎殺秦仲世父報西戎之事似亦有理但細攷世父怨西戎甚深曰戎殺我大父仲我非殺戎王則不敢入邑所謂並坐鼓瑟並坐鼓簧優游燕樂非挾讎之狀姑載于此

駟驖三章

駟驖孔阜六轡在手公之媚子從公于狩

媚子嬖姬也婦人亦爾男子可知鄭氏以媚子爲賢者言襄公親賢使果親賢造端必不如此

奉時辰牡辰牡孔碩公曰左之舍拔則獲

辰早也早出卽有獲凡射左射最難軍旅白習一種左射者

遊于北園四馬既閑輶車鸞鑣載獫歇驕

既事則遊北園也獫長喙之犬固然而歇驕短喙可疑此類多從犬二字皆無從犬者大率漢儒之學喜分耦爲辭有長喙必有短喙恐從意而生歇息也驕嬾也言犬用力太多纔息則嬾無壯氣也皆遊北園之事也

聞音曰阜符有切狩始九切碩常灼切獲黃郭切

聞字曰駟馬四馬同恐四當從馬適用亦可

總聞曰秦仲始大有車馬禮樂侍御之好猶之可也西人田狩之事園囿之樂蓋其常俗不必始命方有

小戎三章

小戎俴收五楘梁輈游環脅驅陰靷鋈續文茵暢轂

駕我騏馵言念君子溫其如玉在其板屋亂我心曲

此君子當爲士大夫也再言溫其可見

四牡孔阜六轡在手騏駵是中騧驪是驂龍盾之合

鋈以觼軜言念君子溫其在邑方何爲期胡然我念

之

詩有字闕而意足方何爲期鄭氏方今以何時爲還期乎其中闕兩三字胡然我念之鄭氏何以了然不來也其中亦闕兩三字又一句讀作兩句乃有意鄭氏若此類得古爲多也

俴駟孔羣厹矛鋈錞蒙伐有苑虎韔鏤膺交韔二弓

竹閉緄縢言念君子載寢載興厭厭良人秩秩德音

當是婦人之君子溫粹精肅而從事于兵馬之間戎狄之境婦人所以動念也

聞音曰驅居懼切續辭屨切阜符有切中諸仍切劉氏闢中以中爲烝驂疏簪切邑旁紐作倚叶予錞殊倫切弓姑宏切

總聞曰戎兵車也孔氏從前行者謂之大戎引詩元戎十乘以先啓行從後行者謂之小戎引此小戎俴收恐非大率在中軍者元戎元戎十乘以先啓行者建元戎之表識者也所謂平旦建大將旗

鼓行出井陘口是也在左右前後者小戎今其物凡十有八俴收一也五楘二也梁三也輈四也游環五也脅驅六也陰七也靷八也鋈續九也文茵十也暢轂十一也龍盾十二也觼軜十三也厹矛十四也鋈錞十五也虎韔十六也鏤膺十七也緄縢十八也此詩止是行邊講武故止用小戎車則俴收言軫淺也馬則俴駟言甲淺也交韔言弓在房也合盾言刃相向就束也尋詩皆無戰跡不然則是戒嚴爲備也

蒹葭三章

蒹葭蒼蒼白露爲霜所謂伊人在水一方遡洄從之道阻且長遡游從之宛在水中央

所謂伊人謂聞而未見躊躇而忽見故發此辭遡流而求不可得順流而求忽得之當是訪尋旣久至此秋而如所願有驚喜之意也蒹葭霜露記時

蒹葭淒淒白露未晞所謂伊人在水之湄遡洄從之道阻且躋遡游從之宛在水中坻

蒹葭采采白露未已所謂伊人在水之涘遡洄從之道阻且右遡游從之宛在水中沚

聞音曰采此禮切涘羽已切右羽軌切

總聞曰秦興其賢有二人焉百里奚蹇叔是也秦穆初聞虞人百里奚之賢自晉適楚以五羖羊皮贖之因百里奚而知蹇叔曰蹇叔之賢而世莫知使人厚幣逆之所謂伊人豈此流也邪凡所講解皆不見

終南二章

終南何有有條有梅君子至止錦衣狐裘顏如渥丹其君也哉

有條有梅梅當作枚字轉古字亦通用以條計以枚計皆可以爲宇也下章有紀有堂紀極也會也

堂屋也明也言其材皆中爲此也得地如此而又儀服之盛位號之隆初其君也哉文壽考不忘皆戒勸之辭也

終南何有有紀有堂君子至止黻衣繡裳佩玉將將壽考不忘

言自此以往至老不可忘主恩也

聞音曰裘渠之切哉將黎切

總聞曰陸氏以條爲稻柚也以梅爲柟柟曰柟揚曰梅柚渡淮成枳梅成杏今終南之所生有條有梅而材實皆成此終南被美化也終南有此無此

固未可知要不必及此

黃鳥三章

交交黃鳥止于棘誰從穆公子車奄息維此奄息百夫之特臨其穴惴惴其慄彼蒼者天殲我良人如可贖兮人百其身

黃鳥倉庚也及夏則鳴及秋則止三良之殉攷春秋正在夏也

交交黃鳥止于桑誰從穆公子車仲行維此仲行百夫之防臨其穴惴惴其慄彼蒼者天殲我良人如可贖兮人百其身

交交黃鳥止于楚誰從穆公子車鍼虎維此鍼虎百夫之禦臨其穴惴惴其慄彼蒼者天殲我良人如可贖兮人百其身

聞音曰穴戶橘切天鐵因切行戶郎切

總聞曰聖人終書以秦誓觀其辭知其人也顧豈收其良以從其死何等所爲秦人尚義重恩不勝所感而忘其軀亦未可知或謂如晉明之殺王彧吾不能獨死請子先之三人者百夫之特之防之禦慮不肯事少主致後患也識者更詳但尋詩止見三人從穆公之迹不見穆公收三人之狀所以

不敢盡信左氏所傳也

晨風三章

鴥彼晨風鬱彼北林未見君子憂心欽欽如何如何
忘我實多

此賢人居北林者也當是有舊勞以間見棄而遂
相忘者也欲見其君吐其情又不得見所以懷憂
久而至于如醉也

山有苞櫟隰有六駮未見君子憂心靡樂如何如何
忘我實多

山有苞棣隰有樹檖未見君子憂心如醉如何如何

忘我實多

如何如何甚憂疑之辭雖疏而亦未安也見晨風
飛空棲樹自恨不如也

聞音曰風孚愔切櫟歷各切

聞物曰晨風鸇也大率鷹鸇之屬喜侵晨乘風蓋
所稟俊健恐以此得名晨或從鳥隹省文駮毛氏
如馬鋸牙食虎豹集韻廣韻皆同廣韻直指爲六
駮獸而能食虎豹豈是與人相近之物又以六言
何故其數拘此假使有此之數則北林豈可居之
地六當作陸駮當作駁雜之駁言陸地樹色交雜

也此詩皆引常木而獨此引異獸不倫孔氏疑此以駮爲梓榆也其皮靑白大率樹花葉皮實雜色甚多不獨梓榆也集韻校枋也枋木也可以爲車馬恐當爲木字從交者多音角較字是也駮恐爲校未可知六爲陸則無疑也王氏言六據所見言之或可從

總聞曰此必北林之賢者與人相逢問何如也大率居山林遠市朝所謂理亂不知黜陟不聞故有所逢則有所問蓋其心之所抱而不能自已者也如何繼以如何急問之欲急之也此人當是操心危慮患深未能忘懷于世者也

無衣三章

豈曰無衣與子同袍王于興師修我戈矛與子同仇

此與天子之使所言者也當是其君受終南命服而其臣未得以爲不足吾君勢力如此豈無此服能與子同適王命徵師旅願整戎從事與子俱匹俱起俱往蓋欲結知于使者致辭于王也此與晉無衣豈曰無衣六兮同意

豈曰無衣與子同澤王于興師修我矛戟與子偕作

豈曰無衣與子同裳王于興師修我甲兵與子偕行

聞音曰袍步謀切澤徒洛切禮土反其宅水歸其壑昆蟲毋作草木歸其澤宅澤皆鐸音戟訖約切釋名戟觡也漢儒之學大槩如此音各兵晡茫切行戶郎切

總聞曰秦之君臣如此雖藉王命以張國勢實以機鉤致其權而反以力操切其命也古者擅國而他有所圖大率多師此法故晉秦兩無衣事同辭亦同但彼辭差婉而此辭又健也

渭陽二章

我送舅氏曰至渭陽何以贈之路車乘黃

我送舅氏悠悠我思何以贈之瓊瑰玉佩

聞音曰思新齎切佩蒲枚切

總聞曰秦康公在位晉文公久亡自文公下世秦晉交惡當是有感其夙好而恨其不終也秦自秦仲莊公襄公文公寧公出子武公德公宣公成公穆公康公以終南可歸襄公以三良可歸穆公以渭陽可歸康公其他以車鄰歸秦仲以駟驖小戎蒹葭歸襄公以晨風權輿歸康公而無衣又無所歸其餘八君皆不在有詩之數當是亦以詩附事或無所附而強爲辭者未能用周禮將無以固其

國是也有可附而誤附者好攻戰亟用兵而不與民同欲是也後之觀詩者于文既無所攷于序又不可全憑惟精思細推至無可奈何而後已然事實雖亾物情猶在則亦未至于甚無奈也

權輿二章

於我乎止夏屋渠渠今也每食無餘于嗟乎止不承權輿

於我乎止每食四簋今也每食不飽于嗟乎止不承權輿

夏屋設食之地四簋設食之器也

聞音曰簋己有切飽補掫切

總聞曰秦自秦仲以來皆以致禮招才屈節下士爲事自武公從死至六十六人而穆公尤高誼以待覆師者三帥食馬者三百餘輩推之可見其從死至百七十五人後人信難繼也康公得隨會而縱使歸其異于穆公用百里奚抑亦遠矣前人所舉過絶而後人所舉不繼無怪人情與彼此咸始末故曰君子之行爲可傳也爲可繼也

詩總聞卷六

後學　王簡　校訂